읽기 전에 - 사이드 스토리

현재 이곳에선 SCP 재단이 관리하는 **SCP**와 백룸에서 서식하는 **엔티티**가 맞붙고 있다. 양쪽에 대해서 간단하게 소개만 하겠다.

SCP 재단은 전 세계에 있는 신기한 존재들을 모아 격리하고 관리하며 보호하는 단체이다. 이 재단에 포착당한 것들은 **SCP-XXXX** 등의 일련번호가 붙어서 연구된다. 이들은 SCP들이 가진 신비한 능력을 **변칙성**이라 표현한다.

또한 SCP 재단은 이들을 등급에 따라 나눠서 관리하는데 보통은 격리가 어려운 순서대로 케테르, 유클리드, 안전 등급으로 나뉜다. 이는 단순히 강함에 대한 등급은 아니고 SCP 재단이 격리를 하기 쉬우냐 어려우냐의 문제이다. 물론 강한 능력이 있을수록 격리하기가 힘들기에 가장 격리가 어려운 케테르 등급의 SCP들이 강한 능력이 있다고 생각해도 틀렸다고는 할 수 없을 것이다.

이들은 기본적으로 인류의 존속을 위해 SCP들을 관리하고 있다는 대의는 지키고 있지만 그 방법에 있어서는 정의로움을 따지지 않고 잔혹한 짓도 서슴없이 한다. 아마 **필요악**이라는 말이 가장 잘 어울릴 단체일 것이다.

백룸은 현실과 비슷하지만 분리된 **무한하게 뻗어있는** 의문의 공간이며, 공간마다 환경이 급격하게 나뉘는데 이를 레벨이라는 명칭으로 나눠놓고 있다. 보통 사람들이 백룸에 들어가게 되면 레벨 0이라는 구역부터 시작하여 탈출을 시도하게 될 것이다.

엔티티는 이런 백룸의 환경에 적응한 생명체를 뜻한다. 이들은 이런 특이한 장소에서 살아남기 위해서인지 굉장히 **특이한 능력이나 생존 방식**을 가지고 있는 경우가 많다. 엔티티의 경우 기본적으로 백룸에서 활동하긴 하지만 특수한 능력을 가진만큼 재단이 백룸에 대해 더 자세히 연구한 뒤에는 이들을 SCP로 지정하여 격리시킬지도 모른다.

그리고 SCP와 엔티티끼리 싸움을 붙여 실험을 하려는 존재가 있다.

그는 이전에도 SCP 재단에 침입하여 SCP와 신화적 괴물들의 **전투 실험**을 진행했다는 소문이 있으며 이후 SCP 재단 측은 그를 특별 위험인물로 지정했다고 하지만, 결국 그를 잡아내기 위해 만든 절차들은 아무런 소용이 없었던 것 같다.

왜냐하면 이번에도 이렇게 그가 남겨 놓은 실험 기록이 SCP 재단의 어떤 기지에서 발견되었기 때문이다. 거기에 이번엔 엔티티와의 싸움이다. 현재 백룸 내 최대 세력이라 볼 수 있는 **M.E.G.**와 충돌할 가능성이 높기 때문에 SCP 재단은 이번 실험 내용 역시 **극비**로 처리할 것이다.

여기 실험에 참가한 요원을 통해 당시 상황을 정리하도록 하겠다.

자세한 위치를 밝힐 수 없는 어느 구석진 SCP 기지 내에 한 남자가 도착했다. 남자는 전투 실험을 위해 파견된 자라고 자신을 소개했다. 기지 관리자는 신분 증명을 하여 이상이 없음을 확인했으나, 그가 Dr. Lee라는 이름을 말하자 이전 소동을 일으킨 위험인물 임을 눈치채고 추가 확인 절차를 통해 그를 붙잡으려고 했다.
수상한 움직임을 눈치챈 Dr. Lee의 모습이 급격하게 바뀌었다.

"흥미롭군. 나를 어렴풋이 잡아내고 대책을 세울 생각을 하다니, O5 평의회도 만만찮은 자들인걸 인정하지.
그래도 결국 의미는 없을걸? 너희는 평범한 인간이니까.
이봐, 실험 준비는 됐겠지?"

본래 Dr. Lee로 의심되는 박사를 발견할 경우 이례적으로 O5 평의회까지 직통 보고가 가능하지만 기지 담당자는 어째서인지 자신의 사무실에서 전화 버튼만 누르고 있었으며, 결국 실험은 아무런 방해 없이 진행됐다.

이전 사건에서도 Dr. Lee는 평범한 중년 남성 정도의 외모였지만 기억이 흐릿하다는 증언이 있었는데, 이번에는 더욱 심해서 남성인 것은 확실한데 매우 거친 성격에 하얗게 빛나는 안경의 반사광과 입이 찢어질 듯 지어진 미소만 기억난다는 이야기를 전했다. 이것이 Dr. Lee의 진짜 성격인지 아닌지는 알 수 없지만 종잡을 수 없는 인물인 것은 확실하다.

실험에 참여한 요원들은 모두 그가 위험인물 Dr. Lee인 것을 알고 있음에도 그대로 따랐는데, 그가 두려워서 저항하지 못했냐는 질문에 "그냥 지시한 대로 하게 되었다. 깊게 생각할 수 없게 되었다"라며 일종의 심신미약 상태를 주장했다.
재단은 그가 초월적인 어떤 힘을 가지고 있음을 인정하여 당시 기지에 있던 인원들의 기억을 모두 지우고 각자 다른 기지로의 재배치를 지시했다.

…라고 보고서를 작성하겠지. 내가 미리 적어뒀다. 일이 줄어서 기쁘지? - Dr. Lee

대결 진행은 다음과 같다.

명칭/별명

캐릭터 소개 페이지

SCP-076-2
'아벨'

SCP-073
'카인'

능력치 그래프

간단 소개

캐릭터 소개 페이지에선 대결하는 SCP 또는 엔티티의 이름과 별명, 능력 등을 간단히 설명하고 그들의 능력치를 간단한 그래프로 보여준다. 그래프에서 설명하는 능력 기준은 다음과 같다.

특이성 : 해당 개체가 가지고 있는 특이한 능력.
일반적이지 않을수록 높게 측정된다.

공격력 : 해당 개체가 발휘할 수 있는 파괴력.
신체 능력+특이성으로 측정된다.

방어력 : 해당 개체의 생명력과 육체적 견고함.
신체 능력+특이성으로 측정된다.

민첩성 : 해당 개체의 움직임이 빠른 정도.
신체 능력 혹은 특이성으로 측정된다.

지　능 : 해당 개체의 현명함.
인간의 지능을 5로 기준 삼아 측정된다.

전투 과정은 다음과 같다.

만화로 구성된 대결 장면

전투 상황

요원의 상황 설명

전투 상황은 만화 형식으로 정리되어 진행되며, 전투 실험을 진행하는 SCP 요원이 무전기를 통해 상황을 설명한다. 전투가 종료된 후 실험을 담당한 Dr. Lee가 실험 결과에 대한 총평을 남긴다.

박사의 총평

배틀 결과는 해당 배틀 마지막 페이지에 실험 총평과 함께 게시된다. 무승부는 서로 힘이 동등하여 승부가 나지 않거나 서로 동시에 쓰러지면 판정된다.

【무승부】

차 례

박사님. 모든 SCP와 엔티티의 배치가 끝났습니다. 전투 실험 준비 완료.

좋다. 이 실험은 매우 중요한 실험이다. 아주 꼼꼼하게 실험 결과를 정리하고 보고하도록!

네 확인했습니다. 모든 요원에게 전파한다. 현 시간부로 전투 실험 개시를 알린다. 모두 위치로!

자신의 실수로 실험을 망친다면 아주 뼈저린 처벌이 기다릴 것이다. 실수는 용서치 않겠다! 실험 개시!

명심하겠습니다! 실험 개시!

페이지를 넘기면 곧바로 실험이 시작됩니다.

SCP-076-2 '아벨'

특이성

방오력

짧작강

민첩성

지능

케테르 등급의 SCP.
아벨은 약 5초 만에 100m를 주파하며, 산소가 없는 환경에서도 1시간 정도 생존할 수 있다. 허공에서 여러 가지 무기들을 만들 수 있는 무시무시한 능력도 가지고 있다.
기본적으로 인간에게 굉장히 적대적이지만 본인이 인정할 만한 인간에게는 존경심을 표한다.

SCP-073 '카인'

유클리드 등급의 SCP.
팔, 다리, 척추 견갑골이 금속 인공물로 이루어져 있으며 이마에 수메르어로 적힌 문신이 있다.
카인이 토지를 밟기만 해도 땅에서 자란 모든 생명체들이 시들어 죽어버리며, 타인의 공격을 반사하는 강력한 변칙성이 있는 개체이다.
기본적으로 누구에게나 친절하나 아벨과는 엮이고 싶어 하지 않는다.

특이성

방어력

지능

민첩성

17

SCP-073

승

하지만 카인의 변칙성 「반사」가 발동되었군요. 카인에게 준 피해가 그대로 돌아갑니다. 아벨 격추됩니다.

 계속 싸워봐야 결국 상성 문제로 073의 승리로군.
하지만 놈은 이 결과를 결코 인정하지 않겠지. 다음 대결에선 저 반사를
대처할 방법을 찾아야 할 거다. 실망시키지 말라고. -Dr. Lee 코멘트

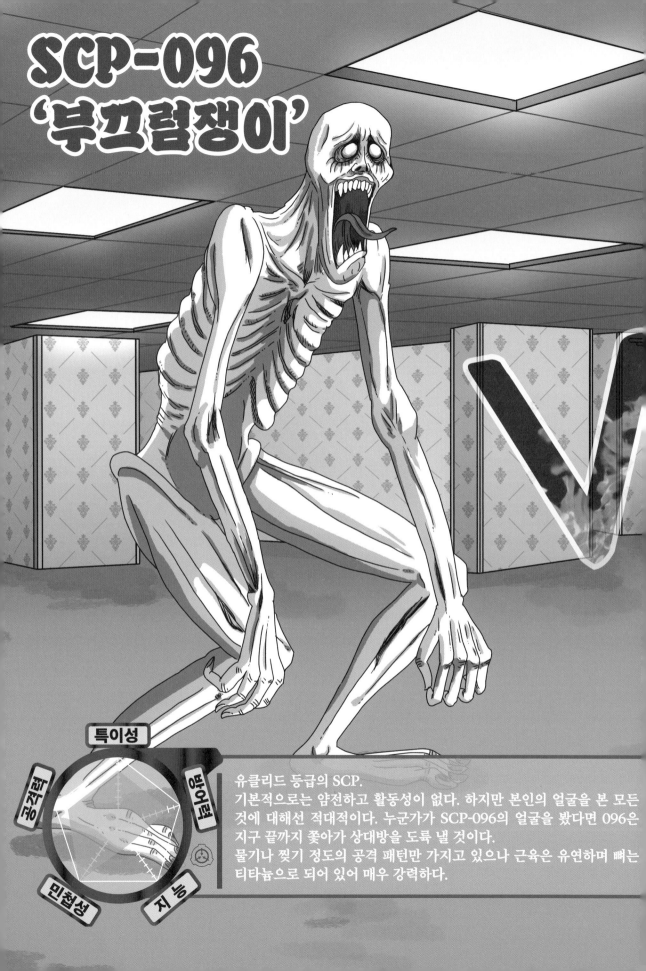

SCP-096
'부끄럼쟁이'

특이성

공격력 · 방어력 · 민첩성 · 지능

유클리드 등급의 SCP.
기본적으로는 얌전하고 활동성이 없다. 하지만 본인의 얼굴을 본 모든
것에 대해선 적대적이다. 누군가가 SCP-096의 얼굴을 봤다면 096은
지구 끝까지 쫓아가 상대방을 도륙 낼 것이다.
물기나 찢기 정도의 공격 패턴만 가지고 있으나 근육은 유연하며 뼈는
티타늄으로 되어 있어 매우 강력하다.

SCP-2006
'너무 무시무시한'

특이성

케테르 등급의 SCP.
무언가를 파괴하거나 없애기보다는 사람을 놀래는 것을 좋아한다.
놀라는 반응을 보여주면 좋아하기 때문에 적대적으로 바뀌지 않도록
놀랍지 않아도 놀라는 척을 하는 것이 중요하다. 놀라는 척을 구분하지
못하는 바보 같은 면이 있지만, 상대방의 목소리, 생김새, DNA, 심지어
특수한 능력까지 복제할 수 있는 무시무시한 변칙성이 있다.

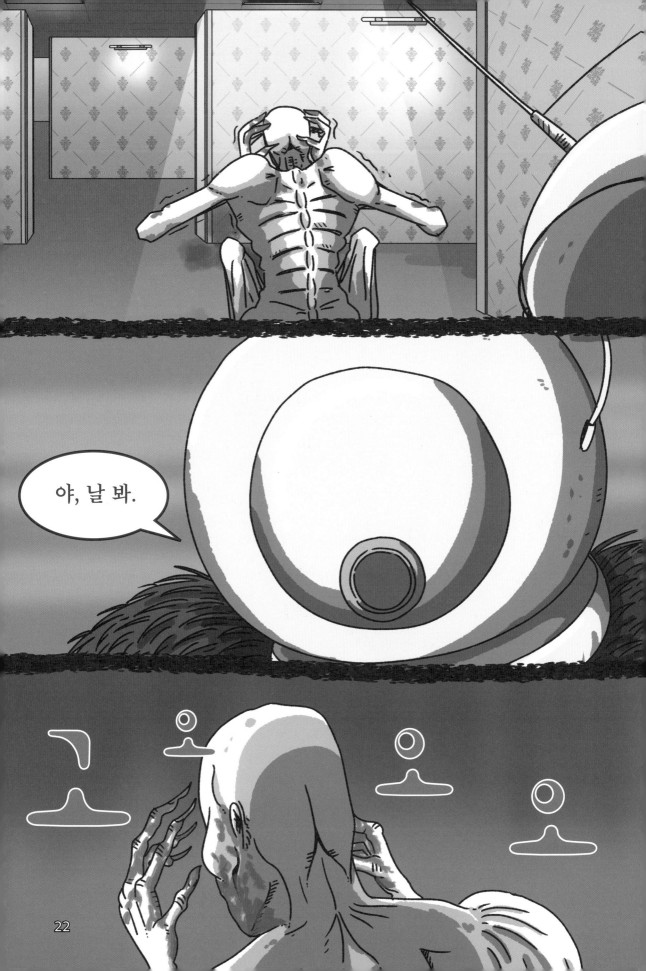

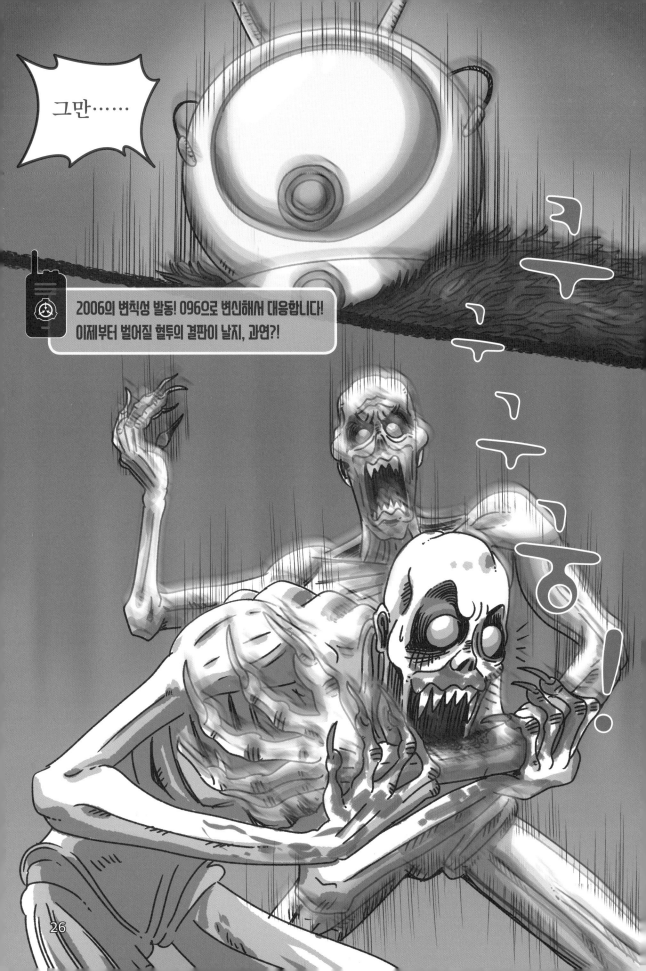

 혈투 끝에 결국 승부가 나지 않았습니다.
둘 다 지쳐서 서로 노려만 보고 있습니다.

【무승부】

 2006의 변신이 성공해서 같은 능력이 되었으니 승부가 날 리 없지.
복제이기는 하지만 096이 본인들끼리 얼굴을 봐버렸네. 체력이 회복되면
계속 싸우려나? 싸우지 않으려나? 뭐 됐어. 다음 실험. -Dr. Lee 코멘트

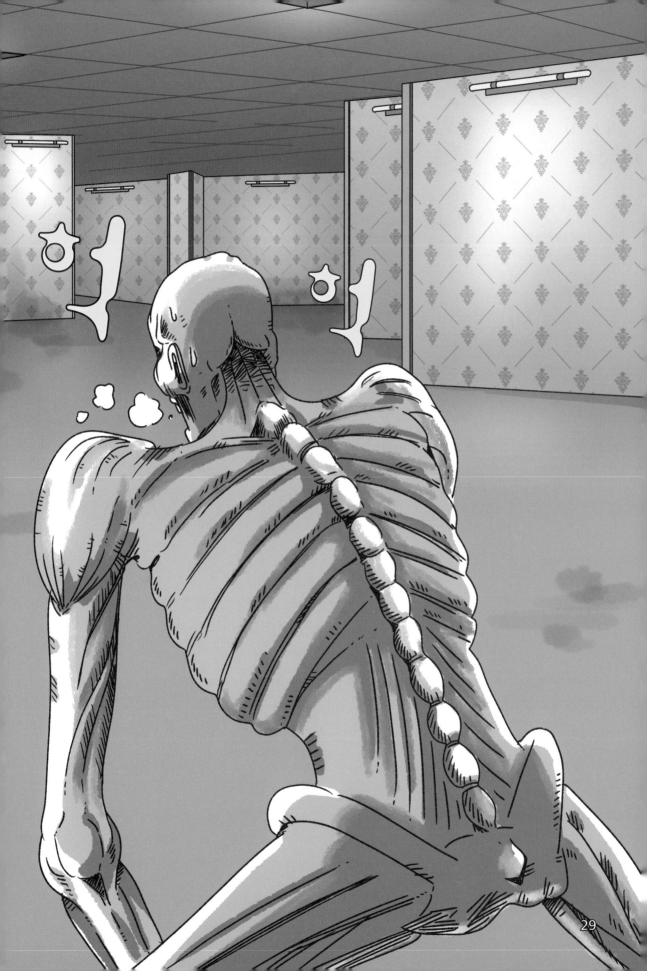

29

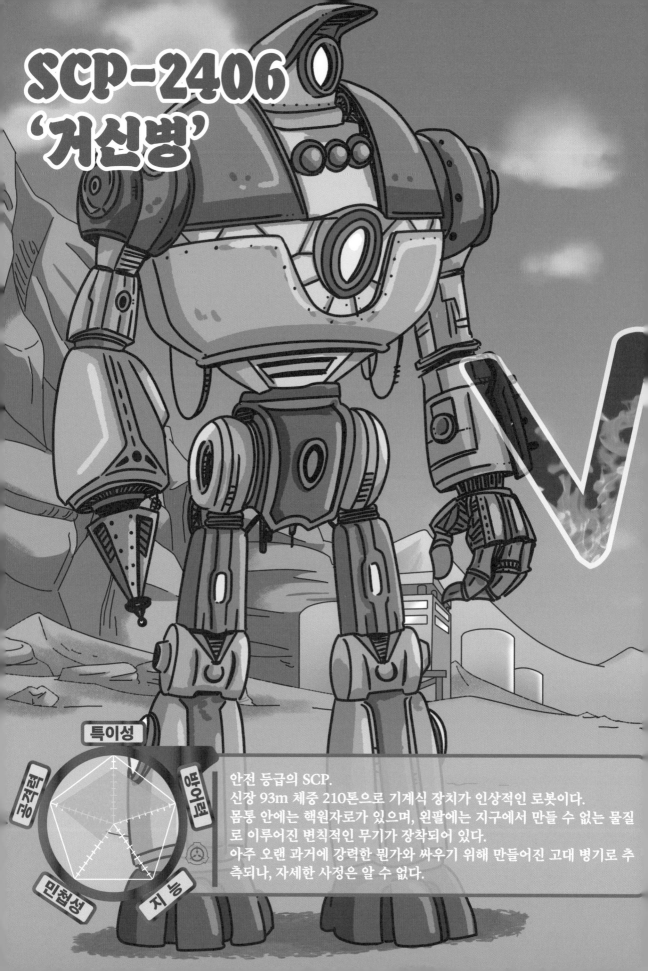

SCP-2406
'거신병'

특이성

정신지력

방어력

민첩성

지능

안전 등급의 SCP.
신장 93m 체중 210톤으로 기계식 장치가 인상적인 로봇이다.
몸통 안에는 핵원자로가 있으며, 왼팔에는 지구에서 만들 수 없는 물질로 이루어진 변칙적인 무기가 장착되어 있다.
아주 오랜 과거에 강력한 뭔가와 싸우기 위해 만들어진 고대 병기로 추측되나, 자세한 사정은 알 수 없다.

특이성
딸정공
딸오럭
민첩성
지능

케테르 등급의 SCP.
신장 3m에 체중 270kg, 침팬지 정도의 지능을 갖고 있는 유인원이다.
별명처럼 우리에게 익숙한 미확인 생명체인 빅풋과 비슷하다고 보면
된다. SCP-1000은 특별한 변칙성이 없지만 'SCP-1000-f1'이라 불리
는 강력한 "유사질병"을 가지고 있으며 해당 균은 인간에게 매우 치명
적이라 한다.

SCP-1000
'빅풋'

SCP-049
'흑사병 의사'

특이성

공격력

방어력

민첩성

지능

유클리드 등급의 SCP.
중세 유럽 역병을 치료하던 역병 의사의 모습을 하고 있다.
049는 평소에 매우 협조적이고 지적인 모습을 보여주지만, 상대방이
'역병'에 걸렸다고 판단되면 적대적으로 돌변한다. 하지만 '역병'의 조
건이 무엇인지는 아무도 모른다.
049와 신체 접촉을 한 사람은 사망하는 무시무시한 능력이 있다.

SCP-1093 '램프 인간'

안전 등급의 SCP.
머리가 전구 모양이며 딱히 표정이나 감정을 알 수 있는 부분은 없다.
외형상 나이 30~35세 사이의 백인 남성으로 추정된다.
머리의 램프가 켜질 때, 1093의 몸에는 방사성 물질이 나오고 1093과
지속된 접촉 시 상대방은 환청 등을 경험하게 된다.
신체 특이점으로 목덜미에 on/off 스위치가 있다. 이것으로 머리의 램
프를 활성화시키거나 끌 수 있다.

SCP-682
'죽일 수 없는 파충류'

특이성

케테르 등급의 SCP.
초회복 능력과 초재생 능력이 있다. 사실상 재단의 힘으로는 죽일 수 없는 생명력을 지니고 있다. 또한 인간을 엄청나게 증오하고 있다.
높은 지능으로 상대방의 능력을 파악할 수 있으며, 한번 받은 공격에 대한 면역성을 가진다. 신체에 또 다른 신체 부위를 만들어 여러 상황에 대처할 수 있으며 신체의 87%가 파괴되어도 움직일 수 있다.

SCP-239
'어린 마녀'

특이성

케테르 등급의 SCP.
자신이 원하거나 상상하는 것을 현실로 만들어 낼 수 있다.
몸에서는 소량의 방사능을 내뿜는데 내뿜는 방사능이 축적되면 주변
물질을 원자 단위로 분해해 버린다. 무의적으로 자신 주위에 방어막을
만들어내고 있기 때문에 SCP-148로 만들어진 무기가 아니면 SCP-
239에게 그 어떤 공격도 피해를 줄 수 없다.

방오력

지능

민첩성

51

하지만 엄청난 재생력으로 회복한 682가 239를 향해
달려듭니다! 239의 신체능력으로는 피할 수 없습니다!

55

59

SCP-2845
'사슴'

특이성

번식력

뚜어력

민첩성

지능

케테르 등급의 SCP.
원뿔을 다량 발사하여 웬만해선 접근조차 하기 힘든 공격을 하기도 하
지만, 정말 무서운 능력은 시야에 보이는 모든 물체를 다른 물질로 바
꿔버리는 능력이다. 이 능력에 저항할 수 있는 존재는 몇 없을 것이다.
이 강력한 능력 덕분에 신으로 모셔진 적도 있으며 현재도 2845를 묶
어두기 위해 제물을 바치며 신으로 대우하고 있다.

SCP-343
'신'

안전 등급의 SCP.
전지전능하고 완전무결하지만 재단에 협조적이기에 재단의 가장 강력한 아군으로 포장되곤 하지만, 사실은 사람의 정신을 멋대로 조작하는 능력을 지녔다. 물론 뛰어난 변칙성을 지니고 있지만 절대 전지전능하지는 않다. 재단에서 이 사실을 아는 사람은 모두 사라졌다. 이번에는 평소처럼 양복 차림이 아닌 위대한 제우스처럼 꾸미고 등장했다.

특이성

완전력

지능

민첩성

파괴력

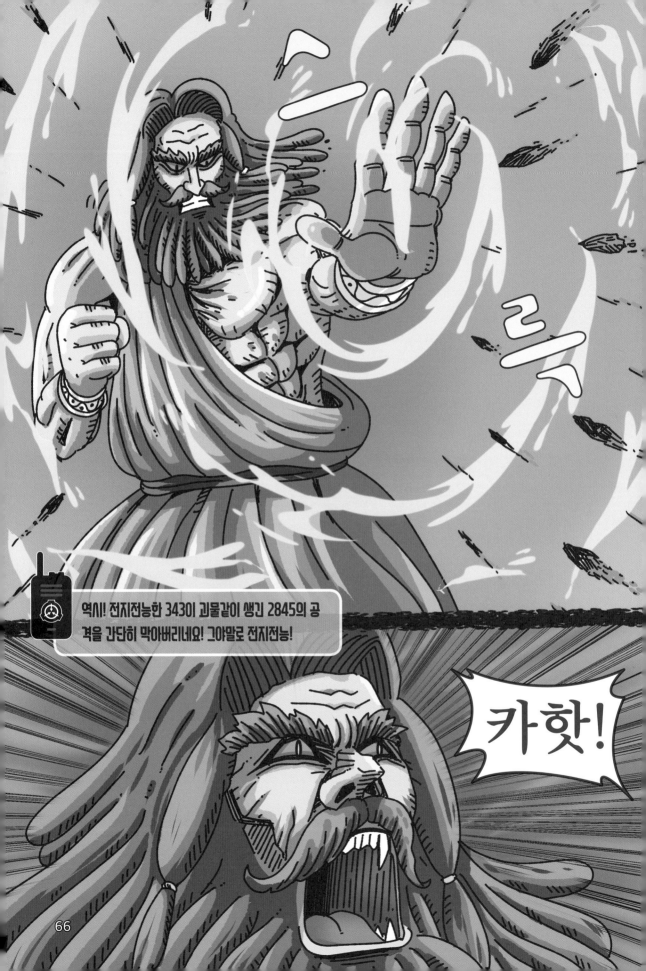

역시! 전지전능한 343이 괴물같이 생긴 2845의 공격을 간단히 막아버리네요! 그야말로 전지전능!

카핫!

66

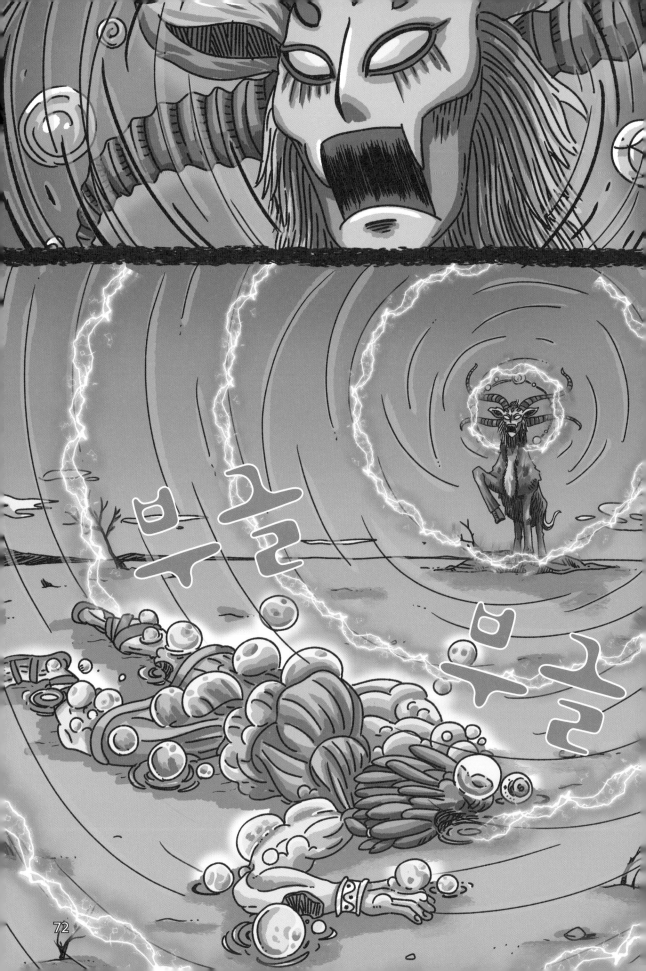

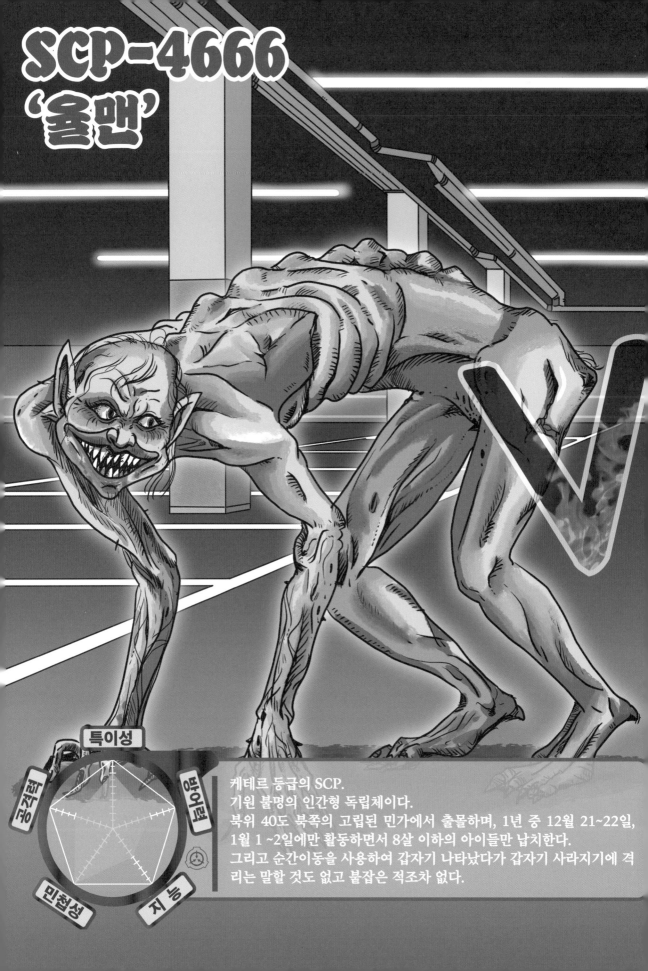

SCP-4666
'율맨'

특이성

방어력

민첩성

지능

케테르 등급의 SCP.
기원 불명의 인간형 독립체이다.
북위 40도 북쪽의 고립된 민가에서 출몰하며, 1년 중 12월 21~22일,
1월 1 ~2일에만 활동하면서 8살 이하의 아이들만 납치한다.
그리고 순간이동을 사용하여 갑자기 나타났다가 갑자기 사라지기에 격
리는 말할 것도 없고 붙잡은 적조차 없다.

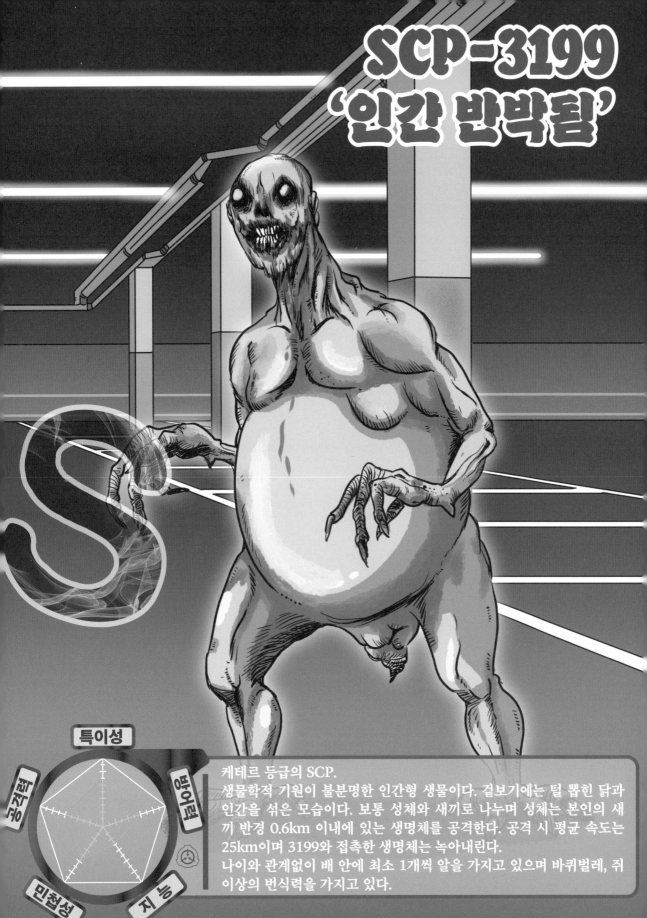

SCP-3199
'인간 반박됨'

특이성

공격력

방어력

민첩성

지능

케테르 등급의 SCP.
생물학적 기원이 불분명한 인간형 생물이다. 겉보기에는 털 뽑힌 닭과
인간을 섞은 모습이다. 보통 성체와 새끼로 나누며 성체는 본인의 새
끼 반경 0.6km 이내에 있는 생명체를 공격한다. 공격 시 평균 속도는
25km이며 3199와 접촉한 생명체는 녹아내린다.
나이와 관계없이 배 안에 최소 1개씩 알을 가지고 있으며 바퀴벌레, 쥐
이상의 번식력을 가지고 있다.

46660이 3199의 새끼를 노리는 거 같습니다. 3199도 이상한 분위기를 느낀 걸까요? 새끼를 뒤로 숨깁니다.

76

3199를 만지면 녹아내리죠. 이 변칙성은 새끼도 동일
합니다. 4666의 육체로는 버틸 수 없는 것 같습니다.

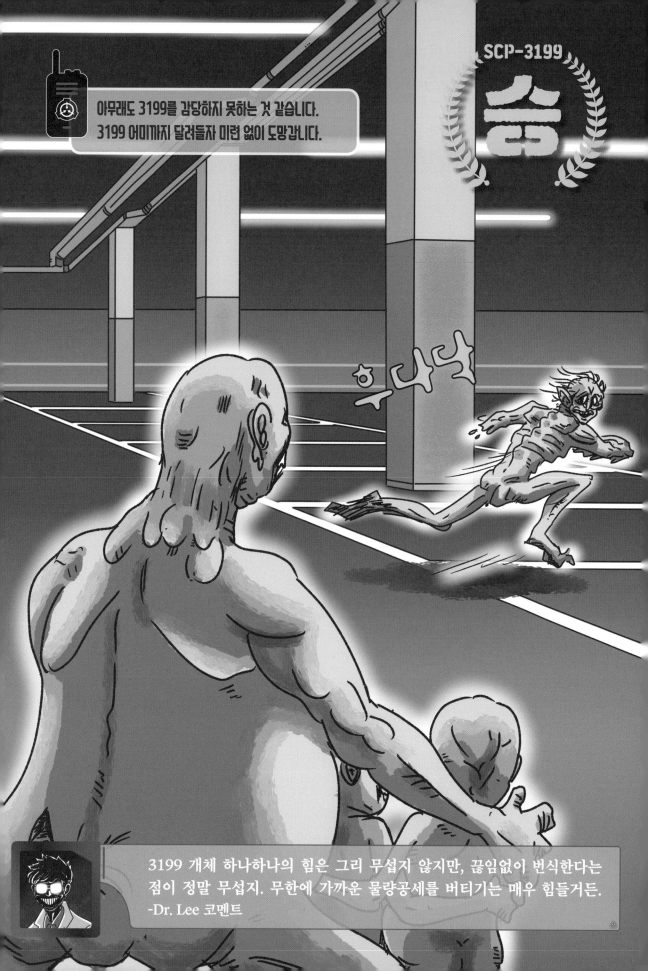

SCP-023 '검은 마견'

특이성

방어력

지능

민첩성

판정력

유클리드 등급의 SCP.
빛나는 눈과 툭 튀어나온 이빨에 검은 털이 텁수룩하게 난 커다란 개의 형상을 하고 있다. 대표적인 변칙성으로는 023과 눈을 마주치면 그 사람이나 그 사람의 가족이 1년 후에 사망한다는 것이다.
불을 뿜는 능력과 벽을 통과하는 능력이 있으며 해가 떠있는 동안에는 투명화 상태에 돌입한다.

엔티티 8
'하운드'

S

특이성

특오력

판정력

민첩성

지능

클래스 4의 엔티티.
날카로운 이빨과 발톱을 가지고 있으며 입이 굉장히 크다. 얼굴은 긴 흑발의 머리카락을 가진 인간의 모습이지만 네발로 기어다니며 마치 개처럼 행동한다.
특이점으로는 하운드에게 물릴 경우 정체불명의 세균 등으로 인해 똑 같은 하운드로 변할 수 있다는 점이다.

023의 목을 무는 하운드! 023은 반응하지 않습니다.
이대로 승부가 결정되는 걸까요?

하운드는 023의 불꽃을 버티지 못하고 타버렸습니다.
023의 침착함은 이런 결과를 알고 있었기 때문일까요?

컹!

컹!

하운드가 물어도 023이 하운드로 변하는 일은 없었군.
오히려 공격한 하운드만 023의 불길에 휩싸여 타버리고 말았어. 이 정도
로 능력 차이가 날줄이야. -Dr. Lee 코멘트

93

SCP-2800 '선인장맨'

특이성

지략

방어력

민첩성

지능

안전 등급의 SCP.
신장 187cm, 체중 76kg, 갈색 머리에 녹색의 눈을 가진 인간이다.
예전 이름은 '대니얼 메킨타이어'였으나 현재는 스스로를 '위협적인 가시 선인장맨'으로 칭한다.
영웅 증후군과 조울증이 있다. 몸에서 3m 이상의 가시를 자라게 할 수 있으며 선인장과에 속하는 식물과 교감이 가능하다.

엔티티
'야간 스토커'

클래스 4의 엔티티.
3m 정도의 큰 키에 거미를 연상시키는 뾰족한 손과 발을 가지고 있는
인간형 개체이다.
일반적인 야간 스토커와 돌연변이 야간 스토커로 나누는데 돌연변이는
팔과 다리가 한 쌍씩 더 많다. 창문 밖에서 집안의 동태를 살핀 후 잡안
의 거주민이 자거나 쉴 때 공격한다.

특이성

위오력

판단경

민첩성

지능

103

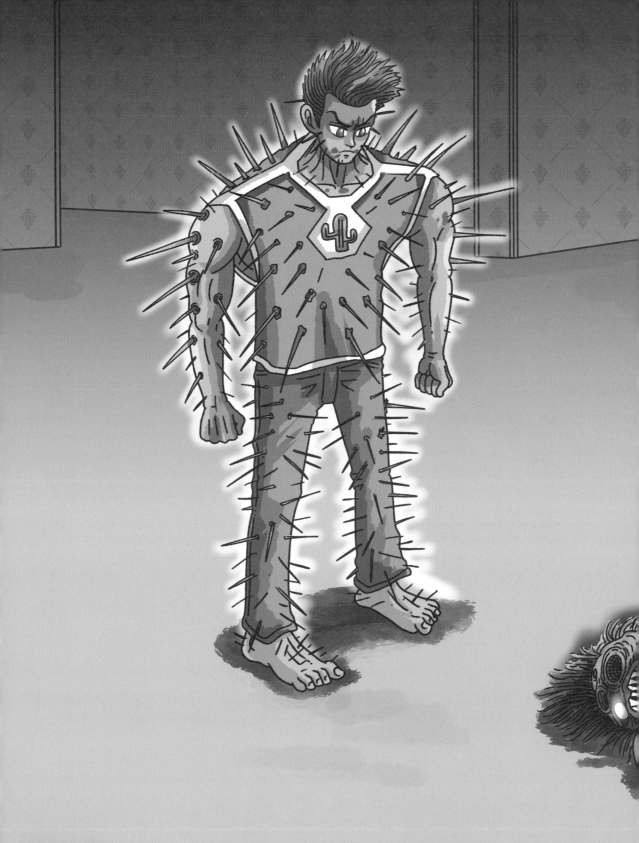

 이건 의지의 승리로군. 단순한 전투능력은 야간 스토커가 더 강했겠지만, 그냥 습성대로 공격한 야간 스토커와 달리 2800은 본인이 영웅으로서 범죄자를 막겠단 의지가 강력했어. -Dr. Lee 코멘트

훌륭한 기지로 승리를 따냈습니다! 역시 영웅이라면 좀도둑 같은 악당은 이겨야겠죠. 2800의 승리입니다!

SCP-2800

승

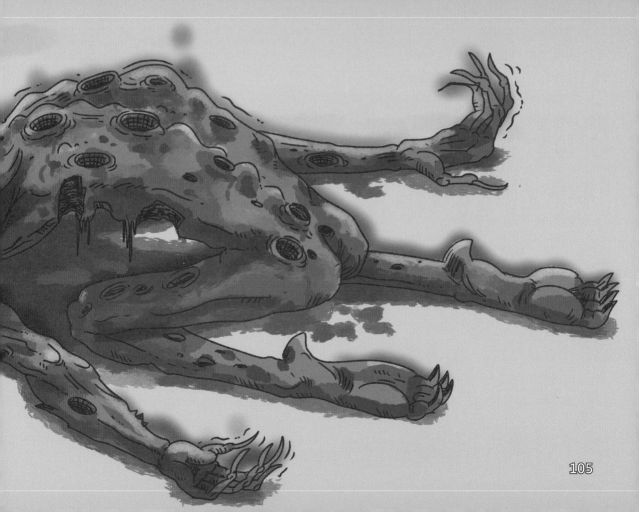

105

SCP-1119
'만지지 마시오'

특이성

완력

약오력

민첩성

지능

유클리드 등급의 SCP.
키 174cm의 50대 백인 남성이다.
SCP-1119와 접촉 시 상대방의 인체 세포가 1119에게 빨려 들어간다.
만약 1119와 접촉했다면 접촉 한 신체 부위를 재빠르게 잘라버려야 한다. 다만 1119 본인은 평범한 감성의 사람이기에 자신의 특이성을 좋아하지 않는다.

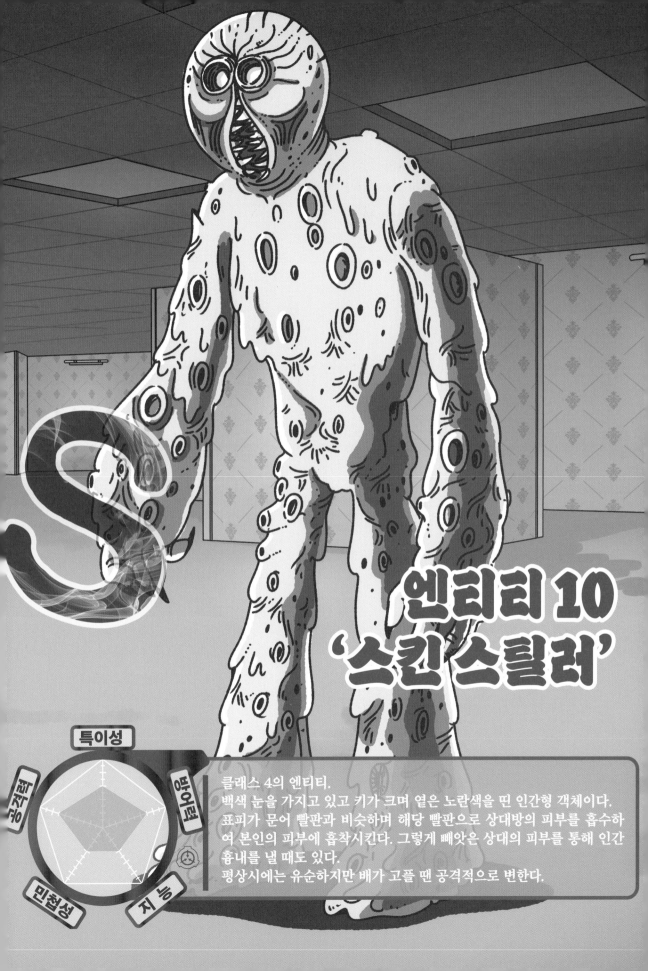

엔티티 10 '스킨 스틸러'

클래스 4의 엔티티.
백색 눈을 가지고 있고 키가 크며 옅은 노란색을 띤 인간형 객체이다.
표피가 문어 빨판과 비슷하며 해당 빨판으로 상대방의 피부를 흡수하여 본인의 피부에 흡착시킨다. 그렇게 빼앗은 상대의 피부를 통해 인간 흉내를 낼 때도 있다.
평상시에는 유순하지만 배가 고플 땐 공격적으로 변한다.

특이성

공격력

방어력

민첩성

지능

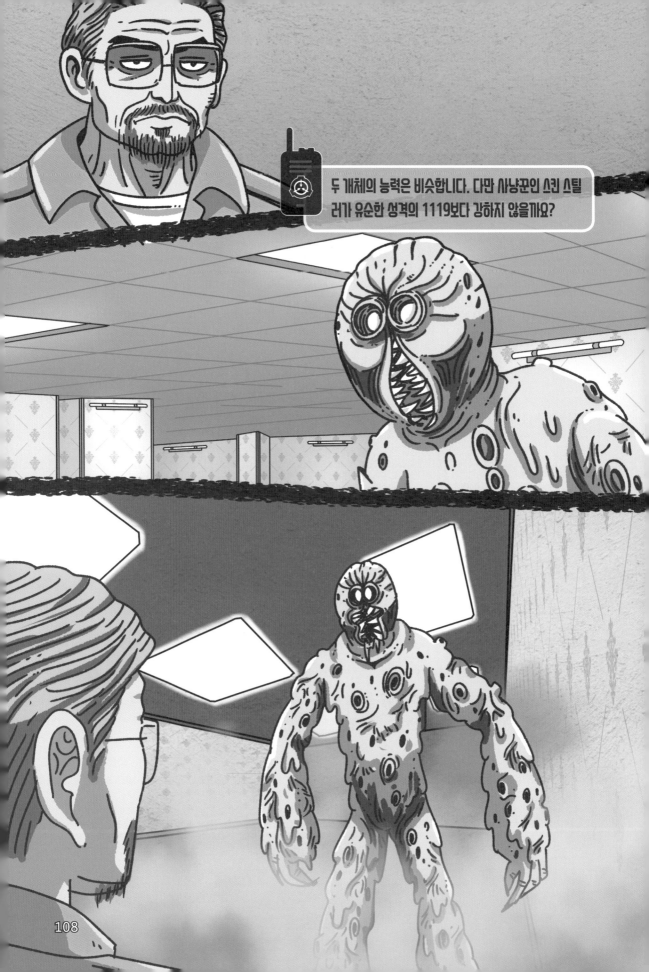

두 개체의 능력은 비슷합니다. 다만 사냥꾼인 스킨 스틸러가 유순한 성격의 1119보다 강하지 않을까요?

109

의외로 먼저 물러난 것은 스킨 스틸러입니다!
1119의 능력이 스킨 스틸러보다 강한 것 같습니다!
스킨 스틸러 스스로 흡착된 손을 절단합니다!

112

SCP-035
'빙의 가면'

특이성

기괴함

위오력

민첩성

지능

케테르 등급의 SCP.
흰 도자기로 만들어진 가면이다. 035의 눈과 입에서는 부식성이 강한
극악한 액체가 배어 나온다. 035의 반경 2m 내에 있는 대상들은 035
를 쓰고 싶은 강한 충동을 느낀다.
035를 쓴 대상자의 육체는 빠르게 부패하거나 035에게 조종 당한다.

엔티티 9 '페이스링'

인간과 거의 유사한 엔티티.
얼굴에 눈, 코, 입이 없다. 보통 성인 페이스링과 어린이 페이스링으로
나뉜다. 대부분의 페이스링은 유순하여 위험하지는 않지만 얼굴에 피
가 묻어있고 무기를 든 페이스링은 적대적이며 위험하다.
생태나 모습이 인간과 너무나도 유사하기 때문에 다르게 진화한 인류
가 아니냐는 이야기도 있으며, 일부는 인간의 말을 배운 개체도 있다.

특이성

공격력

위오력

민첩성

지능

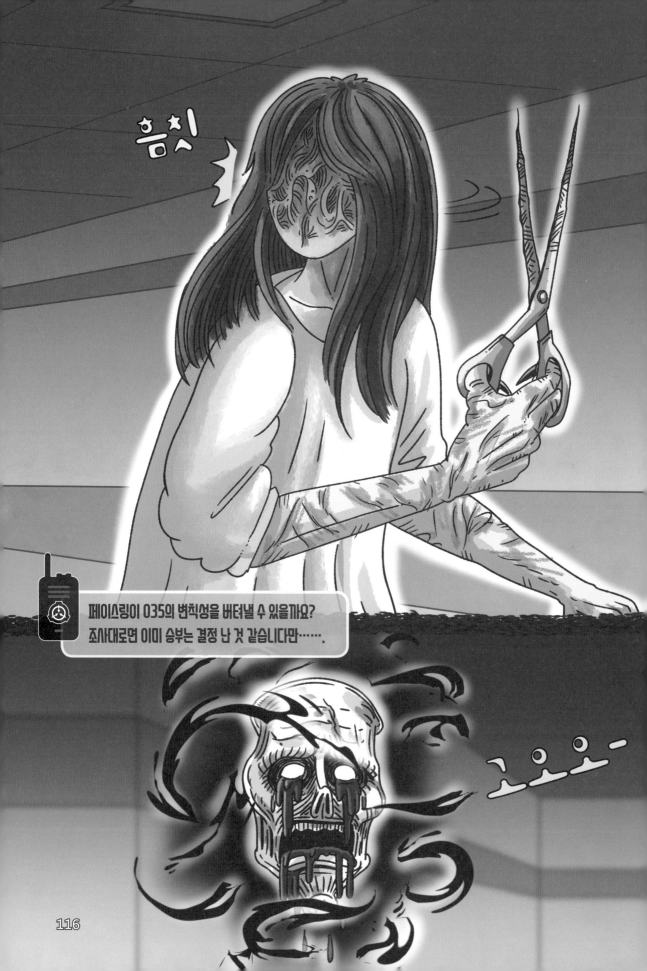

035의 유혹에 조금도 저항하지 못하고 쓰고 마는군요.
이 정도면 오히려 일반인 이하일지도 모르겠습니다.

118

119

SCP-2901
'나방인간'

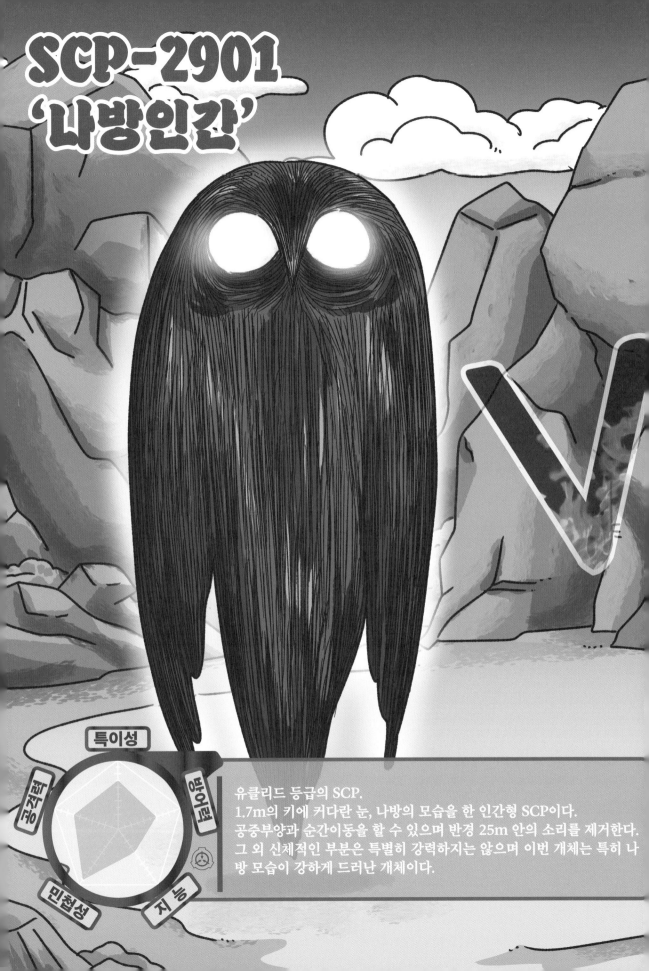

유클리드 등급의 SCP.
1.7m의 키에 커다란 눈, 나방의 모습을 한 인간형 SCP이다.
공중부양과 순간이동을 할 수 있으며 반경 25m 안의 소리를 제거한다.
그 외 신체적인 부분은 특별히 강력하지는 않으며 이번 개체는 특히 나방 모습이 강하게 드러난 개체이다.

특이성
공격력
방어력
민첩성
지능

엔티티 4
'죽음의 나방'

특이성

클래스 4의 엔티티.
커다란 나방의 모습을 한 엔티티이다. 암컷과 수컷이 있으며 중심 둥지에는 여왕과 왕이 존재한다. 보통 암컷 나방이 적대적이며 공격적이다. 빛을 좋아하여 빛에 모여드는 습성이 있고, 번식력이 뛰어나다.

두 개체가 충돌하고, 죽음의 나방이 독가루를 뿌려 방어합니다. 엄청난 양의 가루네요.

127

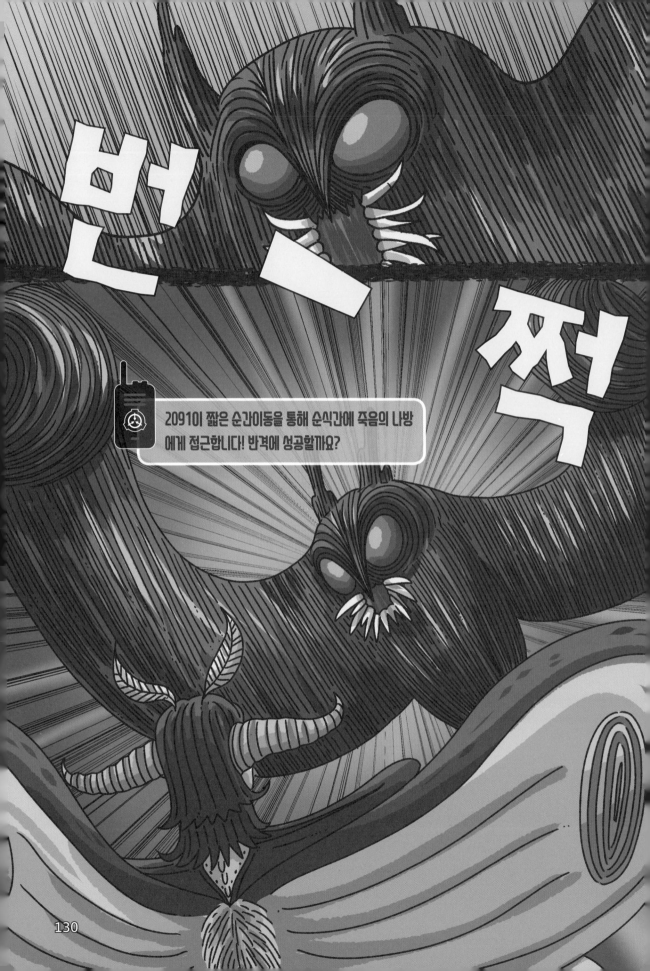

SCP-040
'진화의 아이'

특이성

유클리드 등급의 SCP.
키 1m, 약 8세 정도의 백인 여자아이이다. 피부는 빛에 민감하며 머리
카락은 밝은 분홍색이다. 녹색, 황색의 홍채와 왼쪽 눈의 흰자는 검은색
이며, 시력을 잃은 상태이다.
SCP-040은 살아있는 것들을 변형시켜 새로운 생명체를 만들 수 있다.
이렇게 만들어진 생명체는 040에게 극도의 충성심을 보인다.

엔티티 3 '스마일러'

특이성

맷집력

위오력

민첩성

지능

클래스 변수의 엔티티.
미소 띤 얼굴, 빛이 나는 백색 눈, 날카로운 이빨을 가지고 있으며 얼굴 외의 신체적 특징은 알려지지 않았다. 상대방에게 환각을 보여줘 심장 마비를 일으키며, 상대방의 신체를 절단하기도 한다.
하지만 스마일러의 가장 큰 무서움은 상대방을 따라다니며, 조롱하고, 심리적으로 고문한다는 점으로 상대의 정신적 약점을 잘 파악한다.

그럼 넌 왜 혼자 있는 거지?
왜 아무도 구하러 오지 않지?
네가 쓸모없기 때문이야!
그러니까 네 부모도 버린 거야!

아니야!
그린 아저씨가
나에겐 원래
부모님이 없다고
했어!

 악명답게 지독할 정도로 040을 몰아붙이는군요.
과연 040은 스마일러를 상대할 수 있을까요?

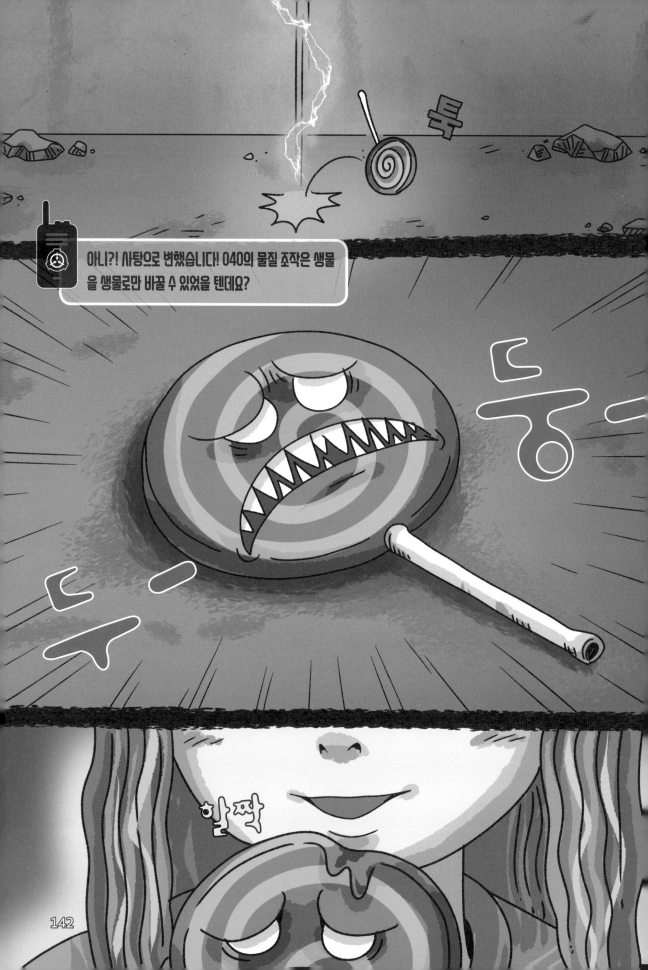

혹시 능력을 숨기고 있던 걸까요? 사탕으로 변한 스마일러를 씹어 먹습니다. 040의 승리입니다!

040은 생물에서 생물로밖에 물질을 변화시킬 수 없어! 확실해! 그런데 스마일러를 사탕으로 변화시켜 먹다니! 극도의 정신적 고통이 변칙성을 발전시킨 건가? 아주 흥미로운 실험 결과야! -Dr. Lee 코멘트

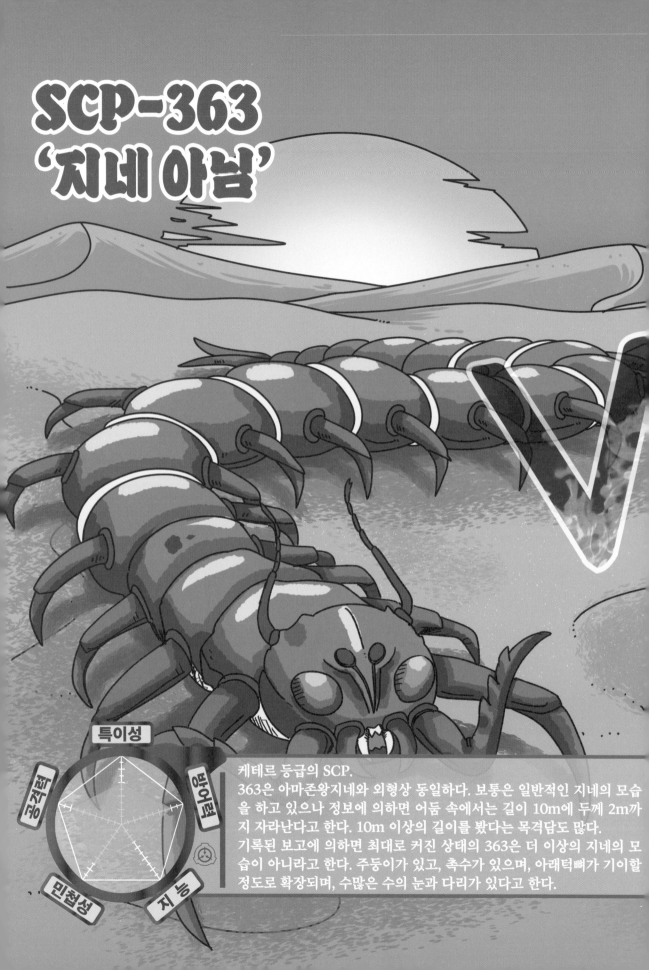

SCP-363
'지네 아님'

케테르 등급의 SCP.
363은 아마존왕지네와 외형상 동일하다. 보통은 일반적인 지네의 모습을 하고 있으나 정보에 의하면 어둠 속에서는 길이 10m에 두께 2m까지 자라난다고 한다. 10m 이상의 길이를 봤다는 목격담도 많다.
기록된 보고에 의하면 최대로 커진 상태의 363은 더 이상의 지네의 모습이 아니라고 한다. 주둥이가 있고, 촉수가 있으며, 아래턱뼈가 기이할 정도로 확장되며, 수많은 수의 눈과 다리가 있다고 한다.

특이성
맷집
완력
민첩성
지능

엔티티 '진홍색 방랑자'

특이성

방어력

민첩성   지능

내구도

위력

클래스 7의 엔티티.
금속 갑옷을 입은 2m가 넘는 기사이다. 낡은 망토에 등에는 대검을 메고 다닌다.
손상된 신체와 도구를 재생할 수 있는 능력이 있으며, 상대가 강할수록 일반 형태에서 극강 형태로 변한다고 한다. 극강 형태로 변한 진홍색 방랑자는 마을 하나를 날려 버릴 수 있는 빔을 발사한다고 하며, 금속 갑옷은 핵무기에도 별다른 손상을 입지 않는다고 한다.

147

363의 꼬리 공격을 가볍게 회피하는 진홍색 방랑자!
갑옷 차림임에도 재빠릅니다!

진홍색 방랑자의 공격! 일반 형태일 때 통하지 않던
검격이었지만 극강 형태일 때는 다릅니다!

SCP-451
'외로운 남자'

특이성

발화저항

맷집

민첩성   지능

유클리드 등급의 SCP.
과거 어떤 사고를 당한 재단 요원으로, 세상엔 본인 혼자라고 착각하며 실제로 본인 외에 사람들을 전혀 보지 못하는 상황이다. 다만 다른 물건들은 제대로 인식하며 오직 사람만 인식하지 못한다.
외로움에 지친 451은 스스로 목숨을 끊는 선택을 하기도 했지만, 총알은 그의 몸을 통과해 버려 어떠한 상처도 입지 않았다. 즉 451의 정말로 주목할 변칙성은 어떤 물리적 피해도 무시해버리는 능력이다.

엔티티
'광대'

특이성

판짜영

파오력

민첩성 지능

현재 존재 자체가 의문에 싸인 엔티티.
중세 시대 궁중 광대의 모습을 한 엔티티이다. 양손에는 독소를 배출
하는 톱니 모양의 단검과 구부러진 낫을 들고 다닌다. 거문고를 가지고
다닐 때도 있는데, 그의 거문고 연주를 들은 사람은 최면에 빠지게 된
다고 한다. 현재 어느 순간 광대에 대한 정보와 목격담이 뚝 끊겨서 원
래 없던 존재처럼 정보가 사라진 상태이다.

본때를 보여줘야겠군.

451이 자신을 무시하는 것으로 판단한 광대가 단단히 화가 나 공격을 시작하지만, 451은 모든 물리적 공격을 흘러버릴 수 있는 변칙성이 있습니다.
광대는 계속 헛손질만 합니다.

하지만 그렇다고
무적이라 생각하면 곤란해.
나한테는 다른 무기가 있거든.

광대도 451의 특성을 어렴풋이 깨달은 것 같습니다.
거문고가 아닌 리라로 보이는 악기를 꺼냅니다.

짜

자

163

광대의 거문고는 최면효과가 있다고 하던데 방금 꺼낸 저 악기는 상당히 공격적이군요. 광대의 승리입니다.

커헉…!

컥…!

크핫핫!!

451의 변칙성을 뚫고 공격을 성공시켰군. 우스꽝스러운 외모와는 다르게 머리도 좋고 다재다능해. 만일 451이 정말 목숨을 끊고 싶다면 광대에게 빌어야겠군. -Dr. Lee 코멘트

엔티티 '어둠의 군주'

특이성

공격력

방어력

민첩성

지능

클래스 1의 엔티티.
긴 검은 망토를 두르고 한 손에는 검은색 대검을 쥐고 있으며, 검은 오닉스 크리스털로 이루어진 갑옷을 착용하고 있다. 군주라는 별명답게 색이 다른 4개의 수정이 박혀있는 왕관을 가지고 있는데 머리에 쓰고 있는 것이 아니라 머리 위에 떠있다.
어둠의 군주의 대검은 무엇이든 파괴할 수 있으며 그의 손에 닿는 모든 물체들은 검은색 자수정으로 변한다.

SCP-722
'요르문간드'

특이성

방오력

치사율

민첩성

지능

케테르 등급의 SCP.
빙하 속에 묻혀있는 몸길이 8~12km의 거대한 뱀이다. 별명인 요르문
간드는 북유럽신화에 등장하는 거대한 뱀으로 신들이 멸망할 때 천둥
의 신 토르와 싸웠다고 한다.
722의 머리와 꼬리엔 고대 북유럽의 룬 문자가 새겨져 있으며 치사율
100%인 독소를 온몸에서 뿜어낸다.

171

콰
드
득

콰
드
득

아, 어둠의 군주가 가진 다른 능력을 잊고 있었습니다.
어둠의 군주는 상대를 자수정으로 만들 수 있습니다.

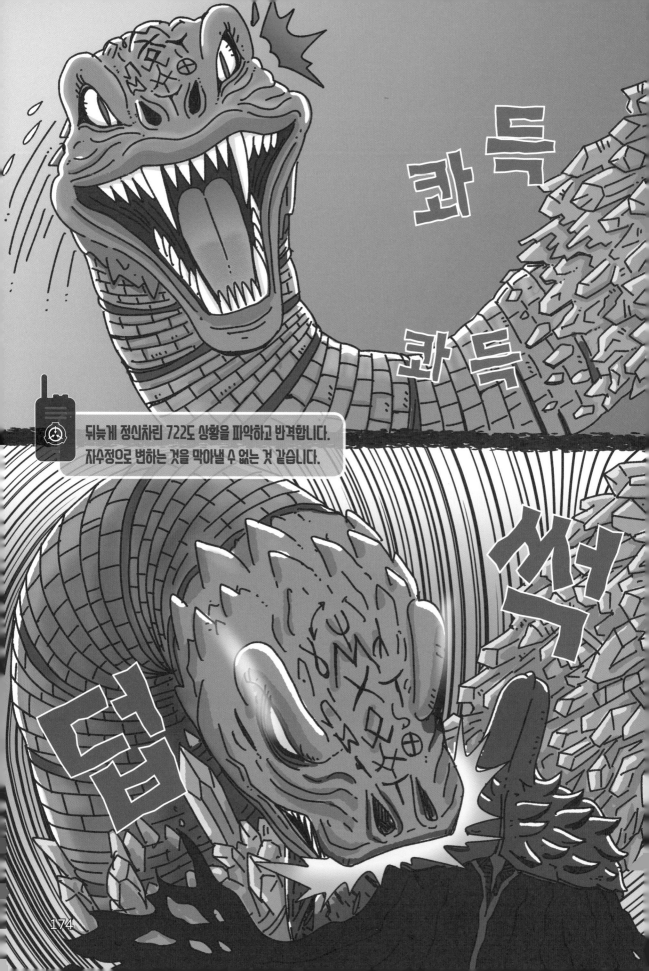

174

74~83쪽

Hercules Rockefeller의 'SCP-4666'을 기반으로 작성하였습니다. 번역자는 Salamander724 입니다. 번역 출처 (https://scpko.wikidot.com/scp-4666)

bittermixin의 'SCP-3199'를 기반으로 작성하였습니다. 번역자는 Nareum입니다. 번역 출처 (https://scpko.wikidot.com/scp-3199)

84~93쪽

Pig_catapult의 'SCP-023'을 기반으로 작성하였습니다. 번역자는 QAZ135입니다. 번역 출처 (https://scpko.wikidot.com/scp-023)

하운드는 해당 출처를 기반으로 각색하였습니다. 원본 출처 (https://backrooms. fandom.com/wiki/Hounds)

94~105쪽

weizhong의 'SCP-2800'을 기반으로 작성하였습니다. 번역자는 Salamander724입니다. 번역 출처 (https://scpko.wikidot.com/scp-2800)

야간 스토커는 정보가 삭제되어 출처 표기를 할 수 없습니다. 해당 항목은 삭제 전 내용을 토대로 각색하였습니다.

106~113쪽

TheLordInglip의 'SCP-1119'를 기반으로 작성하였습니다. 번역자는 MGPedersen입니다. 번역 출처 (https://scpko.wikidot.com/scp-1119)

스킨 스틸러는 해당 출처를 기반으로 각색하였습니다. 원본 출처 (https://backrooms. fandom.com/wiki/Skin-Stealers)

114~121쪽

Kain Pathos Crow의 'SCP-035'를 기반으로 작성하였습니다. 번역자는 shfoakdls입니다. 번역 출처 (https://scpko.wikidot.com/scp-035)

페이스링은 해당 출처를 기반으로 각색하였습니다. 원본 출처 (https://backrooms. fandom.com/wiki/Facelings)

122~133쪽

LurkD의 'SCP-2901'을 기반으로 작성하였습니다. 번역자는 Salamander724입니다. 번역 출처 (https://scpko.wikidot.com/scp-2901)

죽음의 나방은 해당 출처를 기반으로 각색하였습니다. 원본 출처 (https://backrooms. fandom.com/wiki/Deathmoths)

134~143쪽

Lt Masipag의 'SCP-040'을 기반으로 작성하였습니다. 번역자는 MGPedersen입니다. 번역 출처 (https://scpko.wikidot.com/scp-040)

스마일러는 해당 출처를 기반으로 각색하였습니다. 원본 출처 (https://backrooms.fandom.com/wiki/Smilers)

144~157쪽

Josef Kald의 'SCP-363'을 기반으로 작성하였습니다. 번역자는 crane135입니다. 번역 출처 (https://scpko.wikidot.com/scp-363)

진홍색 방랑자는 정보가 삭제되어 출처 표기를 할 수 없습니다. 해당 항목은 삭제 전 내용을 토대로 각색하였습니다.

158~165쪽

Flah의 'SCP-451'을 기반으로 작성하였습니다. 번역자는 Dr Devan입니다. 번역 출처 (https://scpko.wikidot.com/scp-451)

광대는 정보가 삭제되어 출처 표기를 할 수 없습니다. 해당 항목은 삭제 전 내용을 토대로 각색하였습니다.

168~177쪽

어둠의 군주는 삭제되어 출처 표기를 할 수 없습니다. 해당 항목은 삭제 전 내용을 토대로 각색하였습니다.

far2의 'SCP-722'를 기반으로 작성하였습니다. 번역자는 MGPedersen입니다. 번역 출처 (https://scpko.wikidot.com/scp-722)

그 외

그 외 기본적인 세계관과 내용에 대한 확인은 SCP 재단 한국 지부 (https://scpko.wikidot.com/)를 통해 가능하며,

백룸에 대한 기본적인 세계관과 내용은 백룸 팬덤 위키를 기본으로 각색하였습니다. (https://backrooms.fandom.com/wiki/Backrooms_Wiki)

SCP VS 백룸 배틀북

2024년 10월 21일 초판 1쇄 펴냄

펴낸곳 | 꿈소담이
펴낸이 | 이준하
글 | 이준하
그림 | 후다닭
책임미술 | 오민규

주소 | (우)02880 서울특별시 성북구 성북로5길 12 소담빌딩 302호
전화 | 747-8970
팩스 | 747-3238
등록번호 | 제6-473호(2002. 9. 3)

홈페이지 | www.dreamsodam.co.kr
북 카 페 | cafe.naver.com/sodambooks
전자우편 | isodam@dreamsodam.co.kr

ISBN 979-11-91134-50-6 73810